不可思議的一天

管家琪⊙著 楊麗玲⊙圖

【總序】一切都從修身開始／管家琪

「成人成材」——這應該是所有成年人對孩子們最普遍的期待了。

每個人的資質有高有低，實際上，在各行各業中出類拔萃的人永遠都是鳳毛麟角，不可能要求學鋼琴的孩子都能成為莫札特，學繪畫的孩子都能成為畢卡索，或者當孩子稍微表現出對科學的興趣就期望他能成為「第二個居里夫人」，看見孩子喜歡玩積木、喜歡玩蓋房子就巴望他能成為「第二個貝聿銘」，甚至看到孩子們老是坐在電腦前也會夢想「他會不會是『第二個比爾‧蓋茲』？」

要求每一個孩子將來都能成為棟梁之材是不現實的，但我們卻完全可以期待孩子將來能成為一個有用的人，首先要身心健康，腳踏實地，絕不成為社會的負擔，進而盡自己所能，有多少能力就出多少力，來服務他人，為促進國家社會乃至全世界的進步，作出自己的貢獻。

誠實，尊重，責任，勤勞……許多傳統的價值觀永不過時。每一個社會就組成分子的資質來說都是呈金字塔的結構，真正出類拔萃的人畢竟是少數，可

是對於大部分的人來說，只要人品正派高尚，就算不是那麼優秀那麼傑出，也完全無損於我們存在的價值。

相反地，如果一個人人品卑劣，絲毫不懂得也不屑於遵守做人基本的道理，未能「成人」卻僥倖「成材」，這反而是社會的一場災難！

「修身、齊家、治國、平天下」──這絕不是老生常譚，而是很有道理的。不管我們懷抱著多大的理想，一切都該從「修身」開始。

這三本書，每一本都是由一個中篇童話再配上插畫家的精心創作，我們非常期待能成為大朋友和小朋友共同欣賞的書籍。每一個故事都有一個隱藏的核心價值觀，但不是表現得那麼明顯，也沒有硬塞進什麼大道理。這個世界最不缺乏的就是一堆空洞的大道理了。我們只是希望能提供大朋友和小朋友一個交流的話題，期待大家在看故事、欣賞圖畫的同時，也能引發一些聯想和思考。

閱讀本來就是能夠怡情養性，透過潛移默化，讓我們知書達理。儘管知易行難，但只要有心，慢慢總可以做到的。

【寫給大朋友】／管家琪

擁有誠實品性的人就是最真的人

什麼是判斷一個人人品的關鍵？應該就是「誠實」與否了吧！

一個誠實的人，不管他的聰明才智如何，至少一定是一個好人，不會危害國家社會；而一個不誠實的人，他的道德標準則勢必會愈來愈低，縱使有些才幹，也不會用在正途，到頭來就算僥倖得到了些成就，占據了某些要職，不僅很難對國家社會有所貢獻，也很難得到別人的尊敬，甚至還會遭到眾人的唾棄。

再就小我來說，唯有能夠誠實面對自己的人，才可能腳踏實地，一方面清

醒地評價自己，知道自己的不足（其實也是認清自己努力的方向），另一方面非常清楚自己究竟想要一種什麼樣的生活，知道自己想成為一個什麼樣的人，這樣才不會渾渾噩噩，隨波逐流，糊裡糊塗就迷失在紅塵俗世之中，並以積極穩健的步伐朝著理想中的自己、和理想中的生活一步一步地邁進。

所謂「真善美」，把「真」放在「善」和「美」之前是很有道理的，只有先做到「真」，才有可能臻於「善」和「美」啊，而擁有誠實品性的人就是最真的人。

【寫給小朋友】／管家琪

追求美好人格

小朋友都知道「人類是萬物之靈」。為什麼人類會是萬物之靈呢？就是因為我們除了會求溫飽求生存，還懂得如何判斷是非善惡，所以我們才會與大自然中的其他動物有所不同。

在大自然中這麼多生物之中，也只有人類會有所謂「追求美好人格」的意識和理想，而「誠實」這種可貴的品性，正是「美好人格」的基礎。

要求誠實，不是為了唯恐不誠實的話會遭到什麼處罰或報應（就好像「放羊的孩子」），也不是為了想得到什麼獎賞，就好像不小心誤砍櫻桃樹的華盛頓，他之所以選擇誠實，並不是因為早就能預料到父親會因

此寬恕他，而只是單純地認為自己應該誠實，因此儘管戰戰兢兢，還是勇敢地選擇了誠實。一個了不起人物的偉大人格由此獲得了充分的展現。

　　誠實也不是做給別人看的，應該表現在生活中的各個層面，即使別人不知道、沒看到的時候，還是一樣的誠實。

　　一個誠實的人，絕對不會去做什麼壞事。

一個誠實的人，一定是一個高尚的人。

【繪者的話】／楊麗玲

我在郵局寄出這本書的畫稿後，走進附近的一家麵店，吃了一碗熱騰騰的麵，全身都滿足了。

滿足的是因為肚子填得飽飽的，更是因為終於完成了《不可思議的一天》的圖稿。

剛接下這本書，看完故事後，我邊畫圖邊回想自己，就像書中的丁丁一樣，為了應變面臨的工作、責難或處罰時，腦子開始咕嚕咕嚕的想出許多不可思議的藉口。

從事插畫工作這麼多年來，因為偷懶或其他因素無法如期交稿時，我不知編出了多少自認綿密扎實的理由：

．有時我推給天氣

昨夜的一場大雨把我的稿子弄溼了。

其實還沒畫完。

．有時我推給別人

有幾張被小女兒畫到要重畫。

或是→

唉！我昨天託要出門的鄰居幫我寄去了！

故作驚訝狀！

其實還沒畫完。

·有時我推給自己不存在的個性

這些五花八門的藉口，讓我對自己危機處理的能力沾沾自喜，卻不知自己其實是個大傻瓜。

經過這幾年，不可思議的是：上述瞎編的事情，真的都發生過，不但讓我吃足了苦頭，也像書中的丁丁一樣，還被自己嚇到。

現在，我知道誠實面對自己的處境，才是解決事情的最好方法，雖然需要勇氣，但確實有用。

非常感謝這本書，讓我可以檢視自己、面對自己。而辛苦的催稿人們，抱歉，你們辛苦了！

不可思議的一天

老實說，丁丁的語文程度實在是不怎麼樣，奇怪的是，他對作文卻很有辦法，尤其擅長記敘文，總是輕輕鬆鬆就能得到不錯的分數。

對於作文，丁丁有一個祕訣，那就是——採取「一派胡言」式作法！

說起來，採取這種作文方式的靈感還是得自於已經調走的陳老師。

陳老師原本是丁丁的班導，年紀不大，樣子看起來挺凶，實際上也很凶。有一陣子，丁丁比較常遲到，有一天，他一進班上，陳老師就凶巴巴地質問道：「為什麼到現在才來？」

「睡過頭了。」丁丁說。

陳老師瞪著他,「這不是理由!」

丁丁本來想補充一句:「可能再加上我動作比較慢吧。」可是他猜陳老師很可能還是會覺得這個理由不夠充分——儘管實情確實就是如此——

所以,丁丁的小腦袋瓜迅速運轉一番,很快就脫口而出道:「我媽媽生病了,我幫媽媽弄好早餐才出門,所以就遲了。」

「哦，你媽媽生病了？」方才還頗凶神惡煞的陳老師，頓時變得和藹起來，還關心地問：「是哪裡不舒服？」

「不知道，她只說肚子痛，昨天半夜還吐了好幾次。」

「可能是急性腸胃炎，一定是吃壞了，這種天氣在外面吃東西一定要小心。去看過醫生沒有？」

「她說不用看，在家休息休息就好了。」

「那大概是不嚴重，吐一吐就沒事了。你媽媽今天一定不上班了？」

「嗯。」丁丁點點頭。這倒是真的，因為媽媽昨天晚上才剛出差回來，今天請了一天休假要在家裡睡大覺。

「你真是乖孩子，去吧！」陳老師誇獎丁丁，還慈愛無比地摸摸他的腦袋，一點也不提遲到的事了。

丁丁舉一反三，很快就盤算著，陳老師總說他的作文沒有內容，如果以後他以這種方式替作文加一點內容，是不是就沒問題了？

果然，丁丁的作文成績很快就大有起色！

後來，陳老師雖然調走了，丁丁這種張口就瞎扯的作文方式卻愈使愈順手，簡直就是欲罷不能！

17

直到這一天，丁丁在作文簿上鬼扯的一切，竟然統統都變成了事實……

那天早上，一到學校，丁丁就感覺不太對勁兒。

太安靜了，一個人也沒有。連校門口的警衛叔叔也不見人影。以往每次丁丁遲到時，警衛叔叔都會笑咪咪地對他說：「小朋友，怎麼又是你呀？」

丁丁覺得挺納悶，好奇怪哦，警衛叔叔到哪裡去啦？

才剛走到中央走廊，丁丁一眼就發現地上有一疊鈔票。

「哇！這麼多錢！」丁丁好興奮，馬上走過去。

從很早很早以前，每次聽校長在朝會上誇獎某年某班某個小朋友非

常誠實，撿到錢啊手錶啊手提袋啊都會送到訓導處，還特別頒發「拾金不昧」的獎狀時，丁丁就好羨慕那些上台領獎的小朋友，他總想著：「為什麼我都沒有撿到過東西呢？他們的運氣好好噢！」

丁丁是一個好孩子，如果他撿到那些值錢的東西，肯定也會立刻送到訓導處去，只可惜一般人好像從來就碰不到這種事，所以只能在作文中「過過乾癮」。

現在可好，表現的機會終於來了！

丁丁馬上大步上前，彎腰撿起那疊鈔票，高高興興地想：「太棒了！我也拾金不昧了！」

咦，怎麼地上還有一個手錶？

丁丁趕快又把手錶撿起來。

今天的運氣真好！居然連續碰到兩次拾金不昧的

機會！丁丁真是開心死了。

這還沒完，才走了幾步路，丁丁又看到地上有一個

鬧鐘。

再往前，是一個大書包。

「誰把書包都丟在這裡呀！」丁丁忍不住叫著。

在書包前面，又有一把雨傘……

彷彿才一眨眼的工夫，中央走廊的地上竟然出

現一個又一個的東西，都等著丁丁發揮拾金不昧

以及熱心助人的精神，去把它們一個一個地撿起來。

問題是，丁丁只有一雙手，這麼多的東西，他怎麼撿得了啊？

就在這時，一個非常悅耳的聲音在他身後響起：「我來幫你吧！」

丁丁一回頭，看見一個陌生的男孩，正衝著自己微笑。男孩很瘦，還有──

「哎呀，你的腦袋會發光！」丁丁吃驚得叫起來，本能地立刻後退好幾步，差一點跌倒。

「別怕別怕，這表示我是一個大好人呀！」男孩笑咪咪地迎上來。

丁丁還是驚愕萬分地看著他，「你是誰呀？我不認識你！」

「怎麼會呢？你當然認識我，我是你創造出來的呀！」

丁丁一頭霧水，愣愣地問：「你到底是誰？我聽不懂你在說什麼！」

「還沒想起來？」陌生的男孩還是那樣地滿臉笑容，「我就是瘦子呀！」

「瘦子？」

「是啊，很抱歉我沒有正式的名字，因為你沒有給我一個正式的名字，只說我很瘦，我只好自稱為瘦子。」

丁丁看著這個奇怪的傢伙，開始有點擔心自己是不是碰到了瘋子？

「你幹麼一直在笑啊？」丁丁問。

那傢伙還是笑容滿面，「我只會笑，從來不會發脾氣。難道你忘

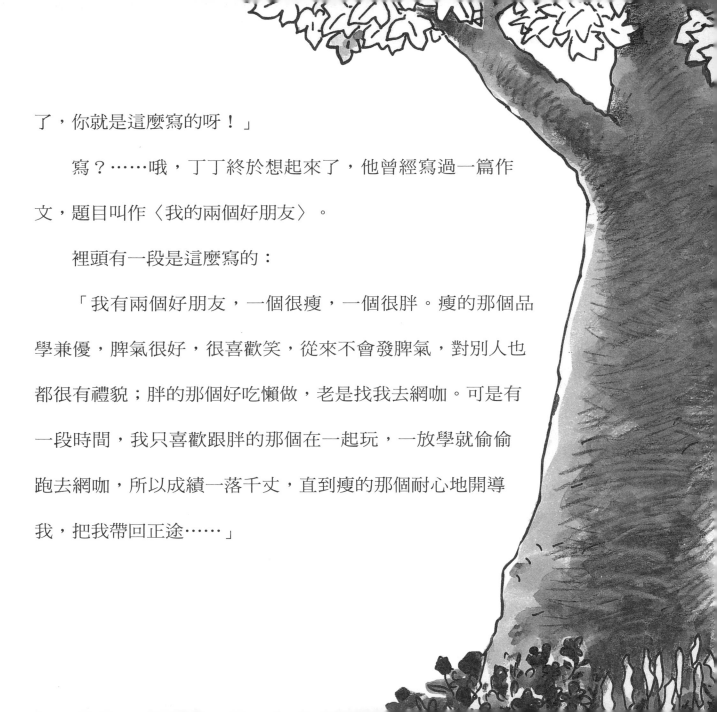

了，你就是這麼寫的呀！」

寫？……哦，丁丁終於想起來了，他曾經寫過一篇作文，題目叫作〈我的兩個好朋友〉。

裡頭有一段是這麼寫的：

「我有兩個好朋友，一個很瘦，一個很胖。瘦的那個品學兼優，脾氣很好，很喜歡笑，從來不會發脾氣，對別人也都很有禮貌；胖的那個好吃懶做，老是找我去網咖。可是有一段時間，我只喜歡跟胖的那個在一起玩，一放學就偷偷跑去網咖，所以成績一落千丈，直到瘦的那個耐心地開導我，把我帶回正途……」

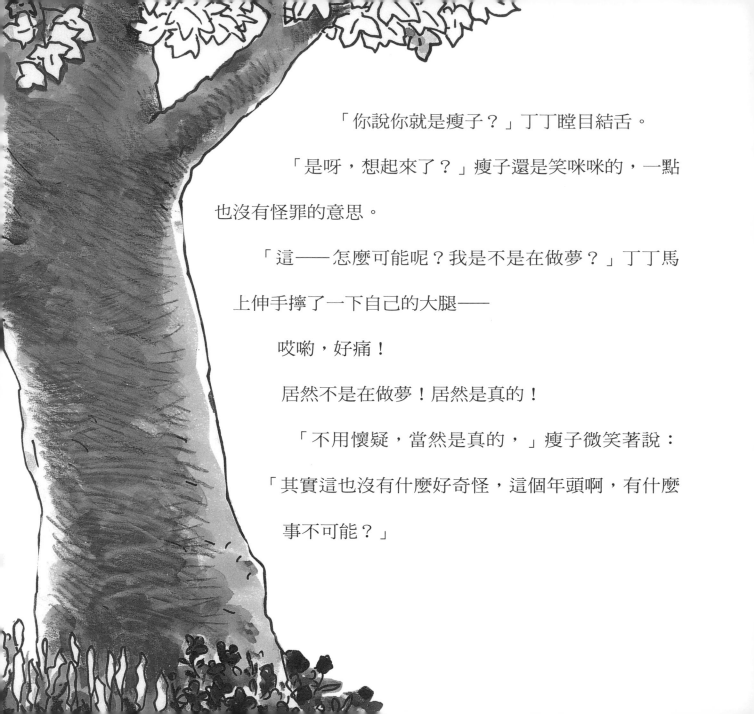

「你說你就是瘦子？」丁丁瞠目結舌。

「是呀，想起來了？」瘦子還是笑咪咪的，一點也沒有怪罪的意思。

「這——怎麼可能呢？我是不是在做夢？」丁丁馬上伸手擰了一下自己的大腿——

哎喲，好痛！

居然不是在做夢！居然是真的！

「不用懷疑，當然是真的，」瘦子微笑著說：「其實這也沒有什麼好奇怪，這個年頭啊，有什麼事不可能？」

說著，瘦子蹲下身子，幫忙一起把地上那些「失物」撿起來，然後率先朝訓導處走去。丁丁一邊不時看看這個腦袋會發光的傢伙，一邊也機械性地抱著一堆「失物」，跟在那個傢伙的後頭。

　　別看那個傢伙雖然很瘦，力氣卻很大，他懷裡抱著的「失物」是丁丁的三倍！

　　訓導處裡也是一個人也沒有。

　　瘦子說：「沒關係，就把東西放在這裡吧。」

　　他把東西全部堆放在訓導主任的桌子上，丁丁立刻照辦。彷彿才一眨眼的工夫，那些「失物」就堆得像一座小山那麼高。

　　「然後呢？」丁丁愣愣地問。

「然後當然是要去上課，認真聽講，做一個好學生呀！」瘦子笑容可掬，腦袋又放出陣陣強光。

突然，有人在他們身後大叫一聲：「去網咖！」

他們倆猛一回頭——對丁丁來說，這還是一個陌生的傢伙，可是他已經知道這人是誰了，因為這個男孩挺胖，光是下巴就有三層。

丁丁看著他，「我想——你一定是胖子吧？」

「沒錯，去網咖！」

瘦子笑咪咪地開始好言相勸：「別鬧別鬧，我們小孩子都該乖乖上學的呀，別一天到晚只曉得玩，一天到晚就想去網咖，那是沒有意思的，既浪費時間浪費精力又浪費錢，所以——所以——」

「所以怎麼樣?」丁丁問。

瘦子想了一想,「大概就不怎麼樣了吧。」

「所以就是說你講完了?」丁丁又問。

「大概吧。」

「這真是我所聽過最沒學問的訓話了,講的都是大白話嘛!」丁丁說:「可是我喜歡,至少很短!」

瘦子笑笑(這回是有些尷尬的笑容),「拜託,我可是你創造出來的人物,能有多大的學問啊!」

這時，一旁的胖子歪著頭問瘦

子：「你講完了是不是應該換我

講了？」

「大概吧。」

「那──那──去網咖！」

丁丁說：「怎麼又是這一句？」

胖子兩手一攤，無奈地說：「沒辦

法，我是你創造出來的人物，你只讓我會說這一句呀！」

丁丁說：「可是再怎麼樣現在也是上課時間啊，哪有現在去網咖

的？──咦，我沒寫過逃學吧？」

瘦子說：「那倒沒有，有一次你本來想寫，後來看看字數也湊得差不多了就算了。」

　　確實如此，每回作文，丁丁最關心的還不是要寫什麼題目，而是要寫多少字？只要把字數湊滿就行了，如果字數都夠了，何必多寫？

　　瘦子緊接著又說：「不過，今天倒是不用上課。」

　　「為什麼？」

「難道你還不明白？今天是特別的一天呀！隨你要怎麼用都行，再說反正學校現在也沒人。」

丁丁很高興，「耶，太棒了！不用上課！」

胖子也跟著叫：「去網咖！去網咖！」

丁丁還來不及回應胖子，就發現自己突然搖搖晃晃起來，還原地蹦了好幾下。

「我這是怎麼啦？」丁丁問「兩個好朋友」。

胖子還是一個勁兒地

叫：「去網咖！去網咖！」

瘦子則連忙安慰丁丁：「不要緊，剛才你只不過是手舞足蹈了一下。」

「手舞足蹈？」

丁丁心想，幸好幸好，他還以為自己突然抽筋了呢。

「可是我怎麼會突然這個樣子呢？」

瘦子說：「當然是因為你在作文裡很喜歡用這個詞嘛。」

是啊，丁丁想起來了，比方說：

「今天早上，爸爸心血來潮說要帶我去海邊玩，我高興得手舞足蹈……」

「想到馬上就要放假了，我高興得手舞足蹈……」

「今天是我的生日，我收到了好多禮物，我高興得手舞足蹈……」

「差不多要表示『高興』的時候，你就喜歡用『手舞足蹈』。」瘦子提醒著。

可是，這個詞用寫的沒什麼，丁丁從來沒有想過，一個人若真的「手舞足蹈」起來，會是什麼樣子？

丁丁說：「我覺得好像是瘋子──」

話音剛過，忽然一陣強風吹來，把瘦子颳得倒退了三大步！

這傢伙真的是很瘦，又瘦又輕！

「糟了，要下雨了。」瘦子說。

「為什麼呀？」丁丁愣愣地問。

「我知道！」胖子大聲說道，好像是故意想搶在瘦子前面。

丁丁轉頭看著胖子，等著胖子告訴他答案。

然而，胖子努力想了好幾秒，什麼也想不出來，還是沒頭沒腦地叫
道：「去網咖！去網咖！」

「拜託！你真的只會說這一句呀！」丁丁埋怨道。

「是啊，」胖子一臉無辜地說：「誰教我是你寫出來的人物呢？」

丁丁瞪了胖子一眼，趕快又回過頭來問瘦子：「你說你說，為什麼突然會颳這種大風，而且——」

真的下雨了！才一眨眼的工夫，雨勢就變得很大很大！

「怎麼會這樣？」丁丁叫著：「早上明明還是大太陽啊！」

「因為你剛才講了『瘋子』。」瘦子說。

「那又怎麼樣？」丁丁還是不懂。

「『瘋』和『風』同音呀，你不是常常在作文裡形容自己是一個『要風得風，要雨得雨』的孩子嗎？」

話是沒錯，每當丁丁想要形容自己是一個備受寵愛的孩子時，便喜

歡用「要風得風，要雨得雨」這句話，他覺得這句話聽起來好像比「要什麼有什麼」要有學問些。

「可是『瘋』和『風』同音又不同字，剛才我明明是說『瘋子』，卻颳起大風，現在又下起大雨，簡直是莫名其妙嘛！」丁丁嘀嘀咕咕。

「可能是因為你常常寫錯字吧。」瘦子居然這麼解釋。

作文時若碰到不會寫的字，丁丁通常是採取三招：第一招，想辦法換另外一種說法，這樣就可以避開那個不會寫的字；第二招，實在想不出來有什麼別的說法，就空在那裡，假裝忘

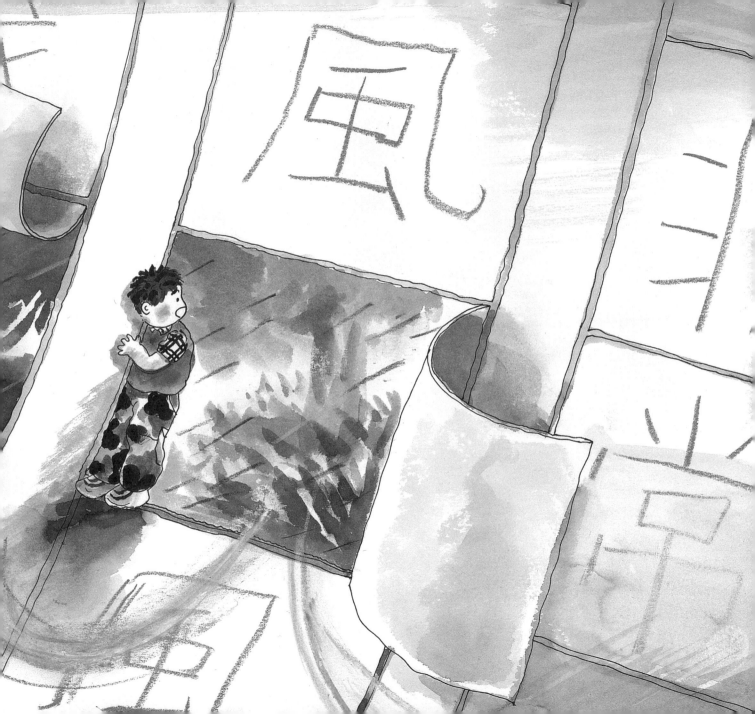

記，或是故意寫得潦草一點，讓老師去猜；第三招，找一個同音字來代替！

當然，有些時候丁丁寫錯字，也不是故意裝出來的，而是他真的有很多同音字搞不清楚，也懶得去搞清楚——他總覺得有太多的事都比查字典有趣！

萬萬想不到，如今僅僅因為「瘋」和「風」同音，就意外招來了一場大風雨……

忽然，丁丁想到了一件非常重要的事！

「等一下！」丁丁緊張地看看瘦子，又看看胖子，「我問你們，是不是我以前寫過的事今天都會實現？」

瘦子沉默著。他的沉默讓丁丁感到更加不安。

胖子呢？他看看胖子，胖子好像也感受到一股凝重的氣氛，似乎很想說一點什麼，卻又不知道該說什麼，於是，只得壓低了嗓子，仍然嘮叨著那兩句很不合時宜的話：「去網咖，去網咖……」

丁丁真想一拳就揍扁胖子！

沒辦法，丁丁只好盯著瘦子，繼續追問道：「是不是我以前寫過的事今天都會變成真的？」

瘦子緩緩地開口了：「基本上是這樣，因為──今天是特別的一

天——」

「那怎麼辦呀！」丁丁大叫起來，一臉驚惶。

他想到了媽媽！

媽媽向來身體非常健康，印象中連什麼小感冒呀頭痛呀拉肚子呀都很少有，可是，有時候為了博取老師的同情，他會把媽媽描寫得體弱多病，有一次還差一點……

「那我媽媽怎麼辦？」

「不知道，這個很難說……」瘦子看著丁丁，眼裡竟然已流露出同情的眼神。

「我都是鬼扯的呀！」丁丁氣急敗壞地嚷著。

「我知道……」瘦子說。

胖子沒說什麼，但是也猛點頭。

「我鬼扯，跟我媽媽有什麼關係呀！」

瘦子看著丁丁，一字一句地說：「問得好，那麼——你要應付老師出的作文，跟你媽媽又有什麼關係？」

說得丁丁不禁面紅耳赤起來。

他立刻低下頭去，回避瘦子的目光，再一抬頭——好傢伙，這傢伙腦袋所放出的光似乎強度更強了，看著還真刺眼。

「我要回去看我媽媽！」丁丁嚷著。

胖子才剛張開嘴巴，「去」這個字還沒說出口，丁丁已經凶巴巴地衝著他吼道：「你敢再說一遍『去網咖』，我就揍你！」

胖子急忙用兩手摀住自己的嘴。

瘦子趕緊打圓場道：「也許他是要說『去拿傘』呢，你看，現在雨下得這麼大！」

丁丁今天本來是沒帶傘的，不過沒關係，他抓起方才「拾金不昧」撿到的一把大黑傘，急急忙忙就往外衝。

瘦子也迅速跟上，走了幾步還回頭喊胖子：「喂，你也來呀！」

「為什麼我也要去？」胖子很不情願，「我應該去網咖才對呀！」

「現在還講什麼網咖，馬上就要淹大水了，你不走也不行，難道還要留在這裡被水淹？」

「什麼？淹大水？」在前面的丁丁耳尖，一聽瘦子這麼說，嚇了一大跳，不由得停下了腳步。

這雨確實是下得很大，可是再怎麼樣也不可能淹大水吧？

然而，瘦子之所以會這麼說，有著非常強有力的理由。

瘦子說：「你不是寫過淹大水的事嗎？」

哎呀，丁丁這才猛然想起，真的，他是寫過！

其實丁丁長這麼大以來，從來不曾真正碰過淹大水。有一年，有一次颱風來襲，附近很多地方都有水患，偏偏丁丁家那一帶非常幸運地逃

過一劫，連一點點積水都沒有；後來，丁丁就把從電視上看到的一些淹大水的畫面寫進了作文，說是自己家也進了水，很多心愛的玩具都被大水沖走了……

這麼一想，丁丁更加擔心媽媽，拔腿就跑！

他真恨不得現在就能回到家裡！

家離學校很近，如果丁丁用跑的，大概五分鐘就可以到家了──

咦？

一跑出中央走廊，丁丁就呆住了。

才這麼一會兒的工夫，操場竟然就已經變成一片汪洋！

天哪，這可怎麼辦？

「別擔心，你看！」瘦子拉拉丁丁的手臂。

丁丁轉頭一看——嘿，居然漂來一艘橡皮艇！

「幸好你還寫到過橡皮艇。」說著，瘦子就先跳進橡皮艇。

丁丁隨後跟進。胖子皺了一下眉頭，也跳了進來。

橡皮艇就這麼漂呀漂的，好像自動會往家的方向前進。

胖子還在嘮叨著：「我應該去網咖……我應該去網咖……」

「拜託你閉嘴啦！」丁丁覺得胖子實在是煩死了。

「別吵別吵，」瘦子說：「有東西漂來了！」

丁丁趕緊順著瘦子所指的方向一看——

他簡直不敢相信，漂過來的是一個「字」！一個大大的「今」！

「還有還有！」瘦子嚷著。

果然，「今」的後面又跟了一個「天」，接著，是「孫」、「林」、「王」、「好」、「晴」、「美」……

一大堆的字從四面八方漂來，轉眼就成了一片字海！

「怎麼會這樣啊！」丁丁大叫。

瘦子再度提醒他：「你忘了？以前你作文老是忘記分段，老師就說過你的作文像一片字海。」

丁丁想起來了，是有過這麼回事。

「我」、「你」、「要」……更多的字漂過來，其中還有一個「媽」，看到這個字，丁丁想到媽媽現在不知道怎麼樣了，真是急得不

得了！

「那是我的！」胖子忽然興奮地大叫。

他指的是一個「網」。

「網」很快就漂到了橡皮艇旁邊。

胖子伸手抓住了「網」，不滿地叫著：「『咖』呢？」

「『咖』在那邊。」瘦子指了一指。原來「咖」正往另一個方向漂去。

「我的『咖』！我的『咖』！」胖子著急地嚷嚷著，然後就跳上「網」那個字，丟下一句：「我要去找『咖』！」

意思大概是說就不陪丁丁回去找媽媽了。

丁丁和瘦子看著胖子騎在「網」上，漸漸地漂遠。

「小心哪！」丁丁用兩手圈住嘴巴，做成喇叭狀，大聲提醒著胖子。

胖子聽到了，回過頭來朝丁丁招招手，臉上還帶著憨憨的笑容。

「字」還在不斷地湧來。

「怎麼辦？橡皮艇很快就要被擋住了！」面對這一片字海，丁丁真的沒有什麼主意。

「快！快抓住那個！」瘦子叫著。

一個大大的驚嘆號漂過來了。丁丁不大確定，指著那個驚嘆號頗為疑惑地問瘦子：「你是說那個嗎？」

「當然！快一點，要不然它馬上就要漂走了！」

丁丁趕快順手一抓—— 幸虧他身手敏捷，馬上就抓住了。

轉頭一看瘦子，瘦子也抓住了另外一個驚嘆號。

丁丁心想，一定是因為自己平時作文挺喜歡用驚嘆號，所以在現在這片奇怪的字海中，驚嘆號也挺多的。

「抓到了以後幹麼？」丁丁問。

瘦子笑笑地說：「用來撐開那些字，好讓橡皮艇繼續前進呀。」

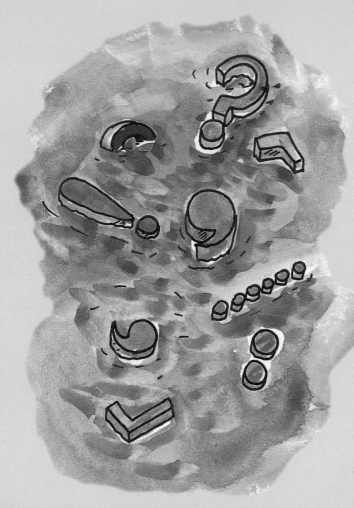

對呀，丁丁有些不好意思，怎麼自己都沒想到？

那些字都不重，丁丁和瘦子就這樣一人抓著一個驚嘆號，不斷撐開那一大堆的字和逗號、句號、問號……

橡皮艇保持緩慢地前進。

丁丁的心裡真是急得要命。

「別急別急，」瘦子安慰他，「等一下就好了。」

「真的嗎？」丁丁感到很懷疑，「我覺得字好像比剛才更多了呀！」

「沒錯，而且還會更多。」

「那怎麼會『等一下就好了』呢？等一下就撐不動了呀！」

瘦子還是那麼笑咪咪地，不慌不忙地說：「等到字多到可以把這片字海塞滿的時候，我們不是就可以踩著過去了？」

丁丁想了一想，「對呀，我怎麼都沒想到？還是你聰明！」

「哪裡哪裡，」瘦子客客氣氣地說：「這都得感謝你，是你讓我這麼聰明的。」

現在，丁丁只好耐著性子等。

可是說來也怪，漂過來的字好像突然比之前一下子又少了很多。

「咦，沒有了嗎？」丁丁伸長脖子眼巴巴地望著，心裡好著急。

「嗯，好像是這樣……」

如果真是這樣，那就是最糟糕的情況了！── 一方面在水中載浮載沉的字太多，阻礙了橡皮艇前進，另一方面那些字又還沒有多到足以塞得嚴嚴實實，好讓他們能夠踩著過去。

「唉，也難怪，」瘦子忽然若有所悟，「你腦袋裡的字本來就不多呀，一下子能漂來這麼多已經不錯了。」

聽到這樣的推理，真讓丁丁感到哭笑不得！

「別急別急，會有辦法的。」瘦子還是面帶微笑地安慰著丁丁。

丁丁聽不進去，衝著瘦子大吼道：「喂！別做這種不負責任的安慰好不好！到底該怎麼辦哪！」

「我也不知道，不過我真的相信一定會有辦法的。」

真是廢話連篇！丁丁懶得再跟他囉嗦，只好拚命絞盡腦汁，自己想辦法。

想呀想呀，丁丁想把手裡抓著的驚嘆號垂直放下去，測測積水有多深，若是不深或許就乾脆跳下橡皮艇涉水過去……

「嘿！你快看！真的有辦法了！」瘦子高興得大呼小叫。

丁丁猛一抬頭，看見大大的「辦法」兩個字，「辦」和「法」是連在一起的——哦，丁丁明白了，開始有語詞漂過來了。

果然，「傷心」、「快樂」、「心血來潮」、「手舞足蹈」、「我再也不敢了」……從兩個字、三個字、四個字的語詞，不一會兒，開始也有一些句子漂了過來。

「來了來了！」瘦子叫著。

有一個好長好長的句子漂過來。瘦子高興地說：「幸好你常常忘了要加標點符號！」

這又是一句讓人哭笑不得的誇獎！

看著這個好長好長的句子，丁丁的心一下子揪得好緊。

這個句子正好是關於媽媽的：

「我的媽媽長得不高也不矮不胖也不瘦一天到晚總是和和氣氣笑口常開」──

媽媽現在不知道怎麼樣了？丁丁真的好著急啊！

這個教人念著念著一口氣差點兒喘不過來的句子，轉眼就漂到眼前，「開」還碰到了橡皮艇。

也就是在這個時候，丁丁和瘦子差不多同時發現，這個很長很長的句子似乎牢牢的卡在字海之中！

再順著這個句子往前看——哎呀！句子的第一個字「我」正好擱在遠遠的沒有積水的地方呢！

「太好了！快走快走！」瘦子輕輕一躍，就跳到了「開」上面。

「我也這麼想！」丁丁立刻跟上。

他們從「開」開始，順著「常口笑氣氣和和是總晚到天一瘦不也胖不矮不也高不得長媽媽的我」，一路小跑過去，這個好長好長的句子就像一座橋，非常穩固。

跑到「我」的頭上，兩人陸續縱身一跳，就跳到了地面。

從這裡再拐幾條巷子就到家了。

丁丁跑了起來。剛跑進巷子，忽然，「轟！」的一聲，一輛摩托車呼嘯而過，差一點兒就撞到了丁丁！

丁丁嚇了一大跳，不由得對著摩托車騎士的背影大罵道：「喂！哪有在巷子裡騎得這麼快的！」

瘦子說：「這都是因為你很喜歡寫『馬路如虎口』這個題目呀。」

確實如此，因為丁丁覺得這個題目很好

寫，所以每當碰到自由命題的時候，十有八九他都喜歡寫這個題目。

瘦子好心提醒道：「小心小心，還會有危險——」

話還沒說完，「轟隆！轟隆！」又是一輛轎車飛馳而過。

再走幾步，一輛收舊貨的三輪車飛馳而過。

接下來，是一輛自行車。

然後，是一個小孩的小三輪車……

全都是飛馳呼嘯而過！

「天哪，愈來愈誇張了！」丁丁說。

「你——」

瘦子才剛一開口，丁丁馬上打斷道：「我知道我知道，你一定要說

都是因為我寫的作文老是很誇張的關係！」

瘦子笑著：「沒錯，正是如此！」

兩人小心翼翼地躲過了好多開得飛快的車子——甚至還有一輛賣冰淇淋的車子！—— 終於終於，總算走到了公寓門口。

一樓的鐵門是虛掩著的，丁丁正要推門而入，大門忽然被打開，一個老人走了出來。

「啊，你們來得正好，我正在等你們呢。」老人說。

這句話聽起來似乎應該很高興，但實際上老人看起來並不怎麼高興，反而愁眉深鎖，看起來挺哀怨的樣子。

丁丁小聲問瘦子：「他是誰？」

瘦子小聲回答：「還不清楚。」

瘦子的回答剛巧被老人聽到了，老人頓時激動起來，大聲說：「啊？都不知道我是誰？已經沒人認識我了？天啊！這個世界多無情！人生多殘酷！想當年我可是一個響叮噹的大

人物啊！隨便走到哪裡，只要一提起我的大名，都是無人不知無人不曉！沒想到，我才隱居在這個鬼地方不久，連三十年都還不到啊，居然已經沒人能夠認出我了？可憐哪！可悲哪！可嘆哪！……」

老人慷慨激昂地喋喋不休。他五官扭曲，看來真是十分悲痛。

瘦子悄悄扯扯丁丁，「我知道他是誰了。」

「誰？」

「他就是『抱怨老人』。」

「『抱怨老人』？」丁丁一頭霧水，「我寫過這號人物嗎？」

丁丁深信應該是沒有啊！

不料，瘦子說：「你在無意中寫過。」

丁丁驚呼：「怎麼會！」

「是真的，我騙你幹麼？」瘦子說：「你曾經把『任勞任怨』寫成『任老人怨』呀！」

「什麼？那──那只是一個誤會呀！」

當時，丁丁還不會「任勞任怨」這個詞兒，他光聽別人講過，憑著那些音，便以為是「任老人怨」這四個字。

想到這個「烏龍」，丁丁感到很不好意思，紅著臉抗議道：「那是我小時候的事了啦！」

「我知道，不過畢竟是你寫過的嘛。」

「你們倆不要講話啊，聽我講啊！」老人悲號著：「啊！我活在這

世上還有什麼意思？都沒人肯聽我講話，也沒人照顧我，我好可憐哪！

不如早點死了算了！我不要活了！活著沒意思啊！都沒人照顧我，沒人

提醒我什麼時候該吃藥什麼時候該睡覺，我真的好可憐好可憐哪！

……」

不行不行！這樣下去真是沒完沒了！

丁丁急著大叫：「對不起！請讓我過！我要上樓！我要回家看我媽

媽！」

瘦子馬上也補上一句：「老先生，他真的有急事，就請您讓他過去

吧！我來聽您講話！」

老先生不樂意，繼續抱怨道：「我難得一下子堵住兩個人，儘管只

是兩個小鬼，但有總比沒有好，而且聽眾愈多愈好呀！如果我不經常演講，口才會退步啊！以前人家我可是一個鼎鼎大名的名嘴呀，現在居然沒人願意聽我講話了？嗚哇！我好可憐哪！……」

「拜託拜託！讓我過去啦！」丁丁急死了，「我上去看看我媽媽沒事就馬上下來！」

「是啊是啊，老先生，我先聽您說，他待會兒就下來！」瘦子也幫著拚命求情。

老先生止住一把眼淚一把鼻涕，哀怨地看著丁丁，不太放心地問：「馬上就下來？」

丁丁趕快保證：「馬上，馬上！」

「那—— 好吧，我等你噢。」老先生總算勉強把路讓出來了。

丁丁趕快飛奔而上。他一邊跑一邊還聽見老先生不斷向瘦子抱怨的聲音：「我跟你說啊，人家我以前有多風光啊⋯⋯」

丁丁當然很感激瘦子，感激這個虛擬出來的好朋友，但是他現在也來不及多想，只顧拚命往上跑。

他一口氣衝上五樓。今天也不知道怎麼會這麼神勇，平常除了尿急

或趕著要看一個即將開演的卡通，他才會這樣狂奔。

丁丁知道，一定是因為他太擔心媽媽了。

就在這時，一聲驚天動地的巨響——「吼！」——從家裡傳了出來！

丁丁當場愣住。

奇怪的是，接下來就沒有任何聲音了，四周一片死寂，就連幾秒鐘前「抱怨老人」那有如魔音穿腦般的抱怨聲也一併消失了。

等丁丁稍微回過神來，顧不上按

電鈴，急得撲上去就拚命拍打自家大門，嘴裡還大聲狂呼：「媽媽，媽媽！」

不知不覺間，丁丁的眼淚都流出來了。

沒過多久，門就開了，而且來開門的正是媽媽！

媽媽沒事，媽媽好好的！只是頭髮亂七八糟，還穿著睡衣，似乎才剛起床，臉上也還有些驚慌的表情。

「丁丁，你怎麼回來了？」看到丁丁，媽媽顯然很意外。

丁丁撲進了媽媽的懷裡，哭著說：「媽媽，妳沒事吧？」

「寶貝怎麼哭了？別哭別哭！」媽媽抱著丁丁，慈愛地拍拍丁丁的小背背，又問了一次：「你怎麼突然跑回來了？」

丁丁一時真不知道該從何說起，結果——

「今天真的好奇怪啊，」媽媽沒等丁丁回答，就有些迫不及待地說：「你一定不相信發生了什麼！」

一聽媽媽這麼說，丁丁馬上從媽媽的懷裡站直了身子。

「發生了什麼？」丁丁認真地問。

「一早醒來，也不知道是怎麼回事，我頭痛得好厲害，然後又是肚子痛、腰酸背痛，簡直是整死我了，剛才更離譜了，突然從地板——」

媽媽停了下來。

丁丁聽得好急，「地板怎麼樣？」

「寶貝你別怕哦。」

「不怕不怕，妳趕快說呀！」

「好好好，我說我說——咦，
我在想，我是不是睡糊塗啦？做
了什麼怪夢？」

「哎呀，媽媽，妳快說啦！」
丁丁急了。

「好嘛好嘛，我說我說——奇
怪，你這麼急幹麼？——總之啊，從地
板裡忽然冒出來好幾個醜不拉嘰的怪物——是不
是鬼呀？我實在搞不清——居然一起動手抓著我，好像要帶我去哪裡，

89

現在回想起來真是怪恐怖的——後來——」

媽媽又停下來了。

「後來怎麼樣？」丁丁聽得連大氣都不敢喘一下。

媽媽似乎正在努力思索。

「我真不確定究竟發生了什麼？——總之，他們抓我，我當然要放

聲大叫呀，這一叫，我的嘴裡居然突然噴出火來！就把

那些傢伙統統嚇跑了，一下子就忽然統統不見了——

真的好奇怪啊，我究竟是在做夢還是工作太累都

累出幻覺來了？可怕，真可怕！我不能再這

麼累了！」

儘管瘦子現在不在旁邊，丁丁還是馬上就猜到是怎麼回事⋯⋯

　　在他小時候，寫過一篇有關媽媽的小作文，其中曾經這麼寫著：

　　「媽媽平時很好，但有時候生氣的時候也很凶，很像一隻

噴火母暴龍⋯⋯」

　　丁丁還記得，看到他這麼寫，媽媽還不大高興──

可是，這是實話！

　　原來，剛才他在門外聽到的那聲可怕的怒

吼，是媽媽發出來的！是實話救了媽媽！

　　「多奇怪啊，真的好奇怪⋯⋯」媽媽還在嘟嘟囔囔。

　　看著媽媽，丁丁不免暗暗盤算著，到底要不要告訴媽媽呀？⋯⋯

國家圖書館出版品預行編目資料

　　不可思議的一天／管家琪著；楊麗玲繪圖.
　　　--初版 . --台北市：幼獅，2007.12
　　　面；　公分. --（新High兒童）

　　ISBN 978-957-574-687-2（平裝）

　　859.6　　　　　　　　　　　96020749

・新High兒童・童話館・2・

不可思議的一天

作　　　者＝管家琪
繪　　　圖＝楊麗玲
出 版 者＝幼獅文化事業股份有限公司
發 行 人＝李鍾桂
總 經 理＝廖翰聲
總 編 輯＝劉淑華
編　　　輯＝林泊瑜
總 公 司＝10045台北市重慶南路1段66-1號3樓
電　　　話＝(02)2311-2832
傳　　　真＝(02)2311-5368
郵政劃撥＝00033368

門市

● 松江展示中心：（10422）台北市松江路219號
　　電話：(02)2502-5858轉734 傳真：(02)2503-6601
● 苗栗育達店：（36143）苗栗縣造橋鄉談文村學府路168號（育達商業科技大學內）
　　電話：(037)652-191　　傳真：(037)652-251

印　　　刷＝祥新印刷股份有限公司　　　幼獅樂讀網
定　　　價＝250元　　　　　　　　　　http://www.youth.com.tw
港　　　幣＝83元　　　　　　　　　　e-mail:customer@youth.com.tw
初　　　版＝2008.01
三　　　刷＝2012.05
書　　　號＝987173

幼獅文化公司 ／讀者服務／

感謝您購買幼獅公司出版的好書！

為提升服務品質與出版更優質的圖書，敬請撥冗填寫後（免貼郵票）擲寄本公司，或傳真（傳真電話02-23115368），我們將參考您的意見、分享您的觀點，出版更多的好書。並不定期提供您相關書訊、活動、特惠專案等。謝謝！

基本資料

姓名：＿＿＿＿＿＿＿＿＿＿＿＿＿＿＿＿ 先生／小姐

婚姻狀況：□已婚 □未婚　職業：□學生 □公教 □上班族 □家管 □其他

出生：民國＿＿＿＿＿年＿＿＿＿＿月＿＿＿＿＿日

電話：（公）＿＿＿＿＿＿（宅）＿＿＿＿＿＿（手機）＿＿＿＿＿＿

e-mail：＿＿＿＿＿＿＿＿＿＿＿＿＿＿＿＿＿＿＿

聯絡地址：＿＿＿＿＿＿＿＿＿＿＿＿＿＿＿＿＿

1.您所購買的書名：　**不可思議的一天**

2.您通常以何種方式購書?：□1.書店買書 □2.網路購書 □3.傳真訂購 □4.郵局劃撥
　　　　（可複選）　　□5.幼獅門市 □6.團體訂購 □7.其他

3.您是否曾買過幼獅其他出版品：□是，□1.圖書 □2.幼獅文藝 □3.幼獅少年
　　　　　　　　　　　　　　　□否

4.您從何處得知本書訊息：□1.師長介紹 □2.朋友介紹 □3.幼獅少年雜誌
　　　　（可複選）　　□4.幼獅文藝雜誌 □5.報章雜誌書評介紹＿＿＿＿＿報
　　　　　　　　　　□6.DM傳單、海報 □7.書店 □8.廣播(　　　　　)
　　　　　　　　　　□9.電子報、edm □10.其他＿＿＿＿＿

5.您喜歡本書的原因：□1.作者 □2.書名 □3.內容 □4.封面設計 □5.其他

6.您不喜歡本書的原因：□1.作者 □2.書名 □3.內容 □4.封面設計 □5.其他

7.您希望得知的出版訊息：□1.青少年讀物 □2.兒童讀物 □3.親子叢書
　　　　　　　　　　　□4.教師充電系列 □5.其他

8.您覺得本書的價格：□1.偏高 □2.合理 □3.偏低

9.讀完本書後您覺得：□1.很有收穫 □2.有收穫 □3.收穫不多 □4.沒收穫

10.敬請推薦親友，共同加入我們的閱讀計畫，我們將適時寄送相關書訊，以豐富書香與心靈的空間：
(1)姓名＿＿＿＿＿＿e-mail＿＿＿＿＿＿電話＿＿＿＿＿
(2)姓名＿＿＿＿＿＿e-mail＿＿＿＿＿＿電話＿＿＿＿＿
(3)姓名＿＿＿＿＿＿e-mail＿＿＿＿＿＿電話＿＿＿＿＿

11.您對本書或本公司的建議：

10045　台北市重慶南路一段66-1號3樓

幼獅文化事業股份有限公司　收

┈┈┈┈┈┈┈┈┈┈┈┈┈┈┈┈┈┈┈┈┈┈┈┈┈┈

請沿虛線對折寄回

客服專線：02-23112836分機208　傳真：02-23115368

e-mail：customer@youth.com.tw

幼獅樂讀網http://www.youth.com.tw